清末四大谴责小说

◎ 主编 金开诚

◎ 编著 王滢

吉林文史出版社

吉林出版集团有限责任公司

图书在版编目（CIP）数据

清末四大谴责小说 / 王滢编著 . 一长春：吉林出
版集团有限责任公司：吉林文史出版社，2010.11（2022.1 重印）
ISBN 978-7-5463-4098-2

Ⅰ.①清… Ⅱ.①王… Ⅲ.①古典小说－简介－中国
－清后期 Ⅳ.① I207.41

中国版本图书馆 CIP 数据核字（2010）第 222249 号

清末四大谴责小说

QINGMO SIDA QIANZE XIAOSHUO

主编/ 金开诚 编著/王 滢

项目负责/崔博华 责任编辑/崔博华 王文亮
责任校对/王文亮 装帧设计/李岩冰 赵 星
出版发行/吉林文史出版社 吉林出版集团有限责任公司
地址/长春市人民大街4646号 邮编/130021
电话/0431-86037503 传真/0431-86037589
印刷 / 三河市金兆印刷装订有限公司
版次/2010 年 11 月第 1 版 2022 年 1 月第 6 次印刷
开本/ 650mm×960mm 1/16
印张/9 字数/30千
书号/ISBN 978-7-5463-4098-2
定价/34.80元

前　言

　　文化是一种社会现象，是人类物质文明和精神文明有机融合的产物；同时又是一种历史现象，是社会的历史沉积。当今世界，随着经济全球化进程的加快，人们也越来越重视本民族的文化。我们只有加强对本民族文化的继承和创新，才能更好地弘扬民族精神，增强民族凝聚力。历史经验告诉我们，任何一个民族要想屹立于世界民族之林，必须具有自尊、自信、自强的民族意识。文化是维系一个民族生存和发展的强大动力。一个民族的存在依赖文化，文化的解体就是一个民族的消亡。

　　随着我国综合国力的日益强大，广大民众对重塑民族自尊心和自豪感的愿望日益迫切。作为民族大家庭中的一员，将源远流长、博大精深的中国文化继承并传播给广大群众，特别是青年一代，是我们出版人义不容辞的责任。

　　本套丛书是由吉林文史出版社和吉林出版集团有限责任公司组织国内知名专家学者编写的一套旨在传播中华五千年优秀传统文化，提高全民文化修养的大型知识读本。该书在深入挖掘和整理中华优秀传统文化成果的同时，结合社会发展，注入了时代精神。书中优美生动的文字、简明通俗的语言、图文并茂的形式，把中国文化中的物态文化、制度文化、行为文化、精神文化等知识要点全面展示给读者。点点滴滴的文化知识仿佛颗颗繁星，组成了灿烂辉煌的中国文化的天穹。

　　希望本书能为弘扬中华五千年优秀传统文化、增强各民族团结、构建社会主义和谐社会尽一份绵薄之力，也坚信我们的中华民族一定能够早日实现伟大复兴！

目录

一、《官场现形记》

鲁迅认为的清末四大谴责小说是中国清末四部谴责小说的合称。即李宝嘉（李伯元）的《官场现形记》、吴沃尧（吴趼人）的《二十年目睹之怪现状》、刘鹗的《老残游记》和曾朴的《孽海花》。

清末四大谴责小说是在旧的社会制度行将瓦解，传统文化、传统观念受到新情况、新问题挑战的条件下出现的。文本

所表达的思想内容和反映的思想观念，是对社会文化、伦理道德和人们行为方式上的解构和反叛。这些作品直接以社会上的种种弊端构成情节矛盾，把现实社会中的种种丑恶现象拿出来示众，用嬉笑怒骂、冷嘲热讽的语言表示自己对这类丑恶现象的憎恶，以激发人们改良社会的决心和勇气。

《官场现形记》原书署"南亭亭长著"。南亭亭长即李伯元（1867—1906年），名宝嘉，号南亭亭长，江苏武进人。3岁时丧父，由曾做过山东道台的伯父抚养。擅诗文，少年时代高中头名秀才，后几次考举均落榜。1896年到上海办《指南报》，后来又主办《游戏报》《繁华报》。1903年，应商务印书馆之聘，主编《绣像小说》半月刊。陆续写出了《官场现形记》六十回、《文明小史》六十回等书。

　　《官场现形记》是清末谴责小说中最有代表性的作品，全书共60回，结构安排与《儒林外史》相仿，以人为骨，串联而成。作品借清末官场为表现对象，描述了封建社会崩溃时期的旧官场之种种腐败、黑暗和丑恶的情形。其中多是实有人物，只是改易姓名而已。胡适曾在为此书做的序言中论说过：

"就大体上说，我们不能不承认这部《官场现形记》里大部分的材料可以代表当时官场的实在情形。那些有名姓可考的，如华

中堂之为荣禄，黑大叔之为李莲英，都是历史上的人物，不用说了。那无数无名的小官，从钱典史到黄二麻子，从那做贼的鲁总爷到那把女儿献媚上司的冒得官，也都不能说是完全虚构的人物。"

（一）内容简介

李伯元的《官场现形记》是我国第一部在报刊上连载、直击社会黑暗而取得轰动效应的长篇章回小说，也是清末谴

责小说的代表作，首开近代小说批判社会现实的风气。全书从中举捐官的下层士子赵温和佐杂小官钱典史写起，串起清政府的州府长吏、省级藩台、钦差大臣以至军机、中堂等形形色色的官僚，揭露他们为升官而不择手段，蒙混倾轧，作者为我们描述了一幅晚清官吏的丑态图。

　　作者塑造了一群形形色色的官僚形象，他们的官职有高有低，权势有大有小，手段各有不同，但都"见钱眼开，视钱如命"。举人出身的王仁开馆授徒，为了

激发学生读书的积极性，他说只有读书才能当官，而这当官的好处则十分诱人："点了翰林，就有官做，做了官，就有钱赚，还要坐堂打人，出起门来，开锣鸣道。"这些是上不得台面的话，而他居然堂而皇之地拿到课堂上宣讲，且振振有词。我们不难想象，在这种思想教育熏陶下的门徒，除了祸国殃民之外，还会有何作为。"读书科举而仕"本是封建社会官之"正途"，但"正途"尚且如此不堪，何况其他。最严重的则是捐官，即用钱来买，按官阶定价，不问买方出身来历，是否有才能，只要肯掏得起银两，即可做官。为铲除太平天国、义和团等起义而出台的另一个为官之道，美其名曰"军功"，即用官位当奖品颁发给打仗立功的人员。而这些有"军功"的人大多是靠着屠杀百姓、镇压起义的刽子手。他们虽各有特点，手段各不相同，但其本质无不是鱼肉百姓，见钱眼开，视钱如命。一部《官场现形记》正是一幅封建社会的官僚百丑图，曲妍尽态，呼之欲出。

（二）一幅清末官吏的丑态图

作为清末最早最有影响的谴责小说，其作品中没有一个中心人物和一个中心事件，而是由许多相对独立的短篇连缀

而成的。作品旨在揭露和谴责晚清社会的政治黑暗和吏治的腐败。书中描写了形形色色的封建官吏，这些人有文官也有武将，职位、品级各不相同，但是，他们都有一个共同的信念，即"千里为官只为财"。为了钱，他们贩卖人口、克扣军饷、滥杀无辜、鱼肉百姓，为达目的不择手段；为了钱，他们不顾礼义廉耻，将人性抛诸脑后，"金钱至上"在他们的身上表现得淋漓尽致。为了保住冒骗来的官职，冒得官逼着17岁的亲生女儿给上司做妾，

任人糟蹋；瞿耐庵的老婆为了让丈夫升
官发财，竟恬不知耻地拜湍制台十几岁的
小姐做"干娘"；浙江署理抚台付理堂，
旧衣破帽在身，表面廉洁奉公，实则受贿
卖缺，当了一次副钦差，就赚了几十万两
银子；胡统领"剿匪"，更是《官场现形
记》中描写统治阶级残害百姓最深刻的
篇章。原本没有劫匪的严州，只因城里出
了两桩盗案，胡统领就虚张声势，率领大
队人马前来搜掠抢劫，将村庄洗劫一空，

并与地方官勾结，逼迫百姓送万民伞，然后奏凯班师，赚得个"破格保奏"。除此之外，小说还着力描写了这些欺压百姓的官吏在洋人面前奴颜卑膝、妥协投降的丑态等等。

《官场现形记》对晚清的官吏做了比较全面的揭露，表现了作者对现实的批判精神和反对帝国主义侵略的爱国主义意识，同时开拓了中国近代小说的现实主义之风。但是，作者错误地认为只要把坏官变好官，天下就太平了。而他写这部书的目的，也是想让官吏读后"知过必改"。这种不触动封建制度的改良，显然是行不通的。另外，对太平天国革命运动的诬蔑攻击也是这部作品的不足。显然，作者是站在统治阶级的立场上著书立说的。在艺术表现上，作者善于通过一个人或者一件事把生活中的丑恶现象集中起来，运用讽刺和夸张的手法进行渲染，有些细节描写真实生动。但是，由于头绪繁杂，缺乏故事的完整性和人物形象的典型性，所以给人的印象不够深刻。

（三）一代现实主义风格的开拓

《官场现形记》现实主义风格的一个主要的特点，就是题材选择与组织的实录性。我们常把某些现实主义的态度广泛地反映出一个时代的社会生活面貌的文学作品称为"生活的百科全书""一代诗史""社会风俗史"，那

么将《官场现形记》称为晚清官场乃至整个封建社会官场丑行的"百科全书"应是毫无愧色的。

《官场现形记》对于官场的种种龌龊卑鄙、秽恶无耻、昏聩糊涂的丑行恶德的真实记录进行艺术的集中和突显，昭示于读者面前，并从理性的高度予以观照，收到了意想不到的艺术效果。作家以生动的形象表明，上至最高统治者"老佛爷"，下至中枢重臣、封疆大吏、抚道知

县，直到典史、师爷等佐杂底层，几乎无官不贪，无吏不污，为读者展示了一幅封建王朝统治分崩离析、病入膏肓的末日图景。

值得注意的是，尽管《官场现形记》的许多材料有所来历，但它毕竟是小说，若仅仅拘泥于书中史料的"索引"，往往导致诸多误解。而且与《儒林外史》不同的是，《儒林外史》是士流中人自讽儒者之奇形怪状，作者身为士人，熟悉内情，因而凡所叙述，"独多而独详"；而李伯元自己并非官场中人，"对于官场的情形也并不很透彻，所以往往有失实的地方"，加之《官场现形记》最初是在《繁华报》上连载发表的，作者边写

边刊，而且不少是急就章，艺术上难免粗糙。作者自己也曾说过："未作《官场现形记》之先，觉胸中有无限蕴藉，可以借此发抒，迨一涉笔，又觉描绘世情，不能尽肖，颇自愧阅历未广，倘再阅十年而有所撰述，或可免此弊矣。"（语出《谭瀛室随笔》，见《李伯元研究资料》109页）。关于这一点，胡适先生的评价还是很公允的："虽然有过分的描写或溢恶的形容，虽然传闻有不实不尽之处，然而就大体上论，我们不能不承认这部《官场现形记》里大部分的材料可以代表当日官场的实在情形。"

《官场现形记》在艺术风格上同时具有讽刺小说和社会批判小说的双重特点，因而在表现手法上，冷峻的再现性描写是《官场现形记》现实主义风格的另一个重要特点。论及《官场现形记》的艺术风格，人们往往以《儒林外史》与之比较。鲁迅先生格外推崇《儒林外史》，他认为："迨吴敬梓《儒林外史》出，乃秉持公心，指摘时弊，其文又感而能谐，婉而多讽，于是说部中乃始有足称讽刺之书。"确实若以"婉而多讽"的标准来衡量，《官场现形记》未可算作成功的讽刺小说，然而以此来衡量其小说艺术上的优劣，似又流于简单化了。

考察艺术上的成败应结合作者欲表现的主题，看其艺术上的表现力是否体现了创作构思。讽刺小说诚如鲁迅先生所指出的，是"贵在旨微而语婉的，假如过甚其辞，就失去了文艺底价值"（《中国小说的历史的变迁》），但显而易见，李伯元的创作本旨并不在此。因为《儒林外史》中的那些人，多数本身就是科举制度的受害者，尚多有可同情之处，而《官场

现形记》中这些贪官昏官之可憎在于他们的胡作非为完全是在自己清醒自觉的意识支配之下进行的，是纯粹的误国害人的蛀虫，含蓄的讽刺是否足以揭露其劣行和发抒作者的愤怒之情却是一个明显的问题。我们不能忽视《官场现形记》的巨大社会影响而一味贬低其文学意味，也不必讳言其显然的缺陷而挖空心思地去寻找小说中"笑"的艺术。因为一部成功的小说，其所运用的叙述方式、人物刻画手法以及语言风格必然与其所表现的思想题材相谐和。诚如胡适先生所言："他只做到了'酣畅淋漓'的一步。这书是从头至尾诅咒官场的书。"这里首先牵涉到作者写作此书的态度问题。茂盛的序中称"南亭亭长有东方之谐谑，与淳于之滑稽"，但与李伯元交厚者多持异议。其友许伏民认为"南亭盖今之伤心人也，闻其倾吐，无非疚心时事之言，莫由宣泄，不得已著为小说，慷慨激昂，排界一世"。

读者的阅读趣味和接受水平反馈于作者，使小说创作通俗化和商业化，这是近代小说的共同特点。因此，无论从作者的创作动机还是小说读者的结构上来说，都不同于传统的讽刺小说。

鲁迅在《中国小说史略》中说："（谴责小说）揭发伏藏，显其弊恶，而于时政，严加纠弹，或更扩

充，并及风俗。虽命意在于匡世，似与谴责小说同伦，而辞气浮露，笔无藏锋，甚且过甚其辞，以合时人嗜好，则其度量吉舒之相去亦远矣，故别谓之谴责小说。"这一批评极有见地，"谴责小说"一词尤其涵盖精当。对于《官场现形记》的讽刺风格，我们姑且称之为"谴责艺术"，因为它有自己的特点。讽刺是对于日常生活中习以为常的可鄙可笑甚至可恶的事用艺术的笔触提炼概括出来，使人们觉得原来以为很正常很高尚的事情居然是毫无意义的。笑是讽刺文学的本质特征，笑的背后是不尽的回味和深深的思索。而谴责是把现实中人人见之欲唾其面的丑恶荒唐的事情形象地展示出来，让人们认识到眼前心事的极端不合理，并产生强烈的愤怒和改变它的愿望和激情。谴责是嬉笑和怒骂的结合，带给读者的常常是面对荒诞事实的痛心和愤怒，而不单单是笑。《官场现形记》中的许多情节的描写是用作者独有的冷峻笔调刻画而出，如史传中的淡淡几笔却寓褒贬于笔锋，如实况的记录电影，使人如在其侧，亲目所睹，亲耳所闻。《官场现形记》揭露了大多数人所未知未详的为官者的隐秘，因而给人的荒诞之感尤胜于笑声。这种荒诞感得之于近于实录的冷酷的真实和完全隐藏着作者冷峻的观察和描绘，纵然从某种纯文学的角度来看缺少回味的余地，但却并不乏感人的力量，足以激

起人的慷慨、激愤和对于现状的思索。如第十二回至第十八回写浙江防军统领胡华若征剿严州土匪，为邀功谎报匪情，却纵兵烧杀淫掠良民。当受害乡民状告作恶兵勇时，首县庄大老爷颠倒黑白，反以诬告之罪胁迫乡民。这一出闹剧，从发兵之初胡统领与僚属内部的尔虞我诈和魏乡绅的敲诈勒索，到最后胡统领浮造报销，冒功领赏，还花一万两银子买来"万民伞"和"德政牌"，而前来为他们送行的却是披麻戴孝、手执哭丧棒的灾民。作者用工笔白描的手法，完全没有浅薄的笑料，也未尝落一字褒贬。这种冷峻的笔调，已然突破了传统讽刺小说的写法，而带有现代现实主义小说严峻描写的意味。

另一方面，小说中也不乏一些颇富有幽默意味的情节。如自诩读过大半本"泼辣买"，却只会说一句"亦司"洋话的哨官龙占元，洋人无论说什么他都接一句"亦司"（Yes），结果却惹来一顿马棒，被打得头破血流（第三十一回）；又如出使国外的温钦差，穷京官当惯的，太太不肯忘本，到了国外已然自己浆洗衣衫，晾在使馆的绳子上，"裤子也有，短衫也有，袜子也有，裹脚条子也有，还有四四方方的包脚布"，外国人见了不懂，说"中国使馆今天是什么大典？龙旗之外又挂了些长旗子、方旗子，蓝的、白的，形状不一，到底是个什么讲究？"这些诙谐的小品同样包含着巨大的否

定力量，也显示了李伯元过人的讽刺才能。

《官场现形记》的人物塑造和小说结构方面是多为人所诟病的。前人对《官场现形记》指摘最多之处莫过于认为"官场伎俩，本小异大同，汇为长编，即千篇一律"（鲁迅《中国小说史略》），以及其"联缀话柄，以成类书"的结构方式。然而细读全书就会发现，《官场现形记》是一部社会问题小说，他的画廊式的人物塑造和链式的章回结构也决定于其再现性的性质。

《官场现形记》的人物塑造是类型化、脸谱化的，确是明显的缺陷，不过同它出现以前的近代小说相

比，由于取材多有原型，因而多数人物还是具有一定典型性的。作者始终抓住所有大小官吏追求金钱的共同本质作为贯通全书的主线，同时也并没有全然忘记他们的个性，从而以一系列漫画式的人物形象异常真实、深刻和集中地表现了官场中排挤倾轧的现状，实际上也一定程度地避免了"千人一面"的弊病。如同样是在谈武汉的赃官，但他们贪赃的手法却五花八门。何藩台明目张胆地将各种官缺分等出售，却因分赃不均而胞弟三荷包大打出手（第五回）。相比之下，傅钦差的手段则隐蔽得多。在表面上他"清廉"得出奇，一件布袍子、一双破鞋、一串木头朝珠、一顶发了黄的破帽子，便是他的全部行头。他一接任浙江巡抚，便声称"力祛积弊，冀挽浇风，豁免办差，永除供亿"，在他的言传身教之下，杭州的大小官吏争买旧衣，打扮得"如一群叫花子似的"。但其实他"骨底子也是个见钱眼

开的人"，做一次副钦差，就贪了五十万两（第十九回至二十回）。身为高官的华中堂则更为高明，据说他"最恨人家孝敬他钱"，但送他古董顶喜欢。他暗中开了个古董铺，行贿者必须买他的古董他才受贿，一件古董周而复始地不知就为他带来多少银子（第二十五回）。又如那些不学无术的昏官，同样也昏得千奇百怪。"洋务中出色能员"毛纳新深得制台赏识，然而他的洋务本领只有两样：一是能背诵过了时的《江宁条约》；二是会把辫子剪成短发（第三十五回）。南京候补道田小辫子，为显示自己的"才能"，搜肠刮肚地写给制台一个条陈，其中三条却是：一不准士兵吃饱，打仗必然勇敢；二是把士兵的眉毛剃去一条，便于捉拿逃兵；三是给你士兵"一齐画了花脸"，可以吓退洋兵（第三十一回）。这些看似荒唐的人和事，尽管不无夸张和过火的形容，但是这种官僚制度"最腐败、最堕落的时期——捐官最盛行的时期"，的确是"凡神禹所不能铸之于鼎……无不必备"（惜秋生《〈官场现形记〉序》）。

面对如此多的人物和纷繁复杂的故事，《官场现形记》承袭了《儒林外史》的小说结构，"头绪既繁，脚色复夥，其记事遂率与一人俱起，亦即与七人俱讫，若断若续"。对于此书的结构上，胡适认为："大概作者当时确曾想用全副气力描写几个小官，后来抵挡不住别的'话柄'的引诱，方才改变方针，变成一部揭露官场的社会风俗史。这是作者的大不幸，也是文学史上的大不幸。倘使作者当日肯根据亲身的观察，或亲属的经验，决计用全力描写佐杂下僚的社会，他的文学成就定会大有可观，中国近代小说史上或许又会增添一部不朽的名著了。可惜他终于有点怕难为情，终不肯抛弃'官场'全部的笼络记载，终不甘用他的天才来作一小部分的具体描写。所以他几回想特别

描写佐杂小官，几回都半途收缩回去。"以现在的小说理论来看，他的批评不无道理，然而他的推测未必成立，纵观全书五十五回的内容，李伯元并非将小说创作停留在"联缀话柄，以成类书"的浅薄水平上，作者的创作原旨是整体性的。整部作品在地域上遍涉了当时中国十四个省域中的十一个，所写的官吏囊括了从一品大员到不入流的佐杂小吏各个品级，文的、武的、正途的、军功的、捐班的、保荐的、假冒的无所不包。显然李伯元是以全面再现清廷官场的整体面貌为己任，有意识地统摄全局的宏大视野来描绘一幅纤毫毕现的晚清官场的百丑长卷。这种创作的思想并非偶然，除去模仿之外，还与当时普遍的文学观念有关。

总之，《官场现形记》在当时的大背景下，以严肃的态度、宏大的构思，和对社会清醒而深刻入骨的观察，诚实地描绘了他所看到的现实社会，塑造了诸多具有

一定典型意义的艺术形象；在继承传统
讽刺小说叙事方法和表现手段，以诙谐
的语言尽情揭露鞭挞罪恶之都的同时，也
初步具有了现实主义社会批判文学的冷
峻描写，对近代小说现实主义创作风格
的发展作出了有益的开拓。

（四）作品中人名的引申寓意

中国传统的章回小说常利用人名的
谐音来揭示人物的性格和命运。晚清李

宝嘉的《官场现形记》更是将这一手法运用到了极致。这部小说中谐音的人名有（人名后面括号内的数字指小说的回目）：

施步彤——实不通（1）

胡理——狐狸（2）

王仲荃——望周全（4）

刘瞻光——留沾光

魏翩仁——为骗人（7）

胡鲤图——糊里涂（10）

周应——照应（11）

胡华若——胡划拉（12）

单逢玉——善逢迎

魏竹冈——为竹杠（17）

傅理堂——富里堂（19）

贾筱芝——假孝子（22）

贾润孙——假顺孙

萧二多——小耳朵

白韬光——白叨光

黑伯果——黑八哥

刘厚守——留后手

胡周——胡诌

时筱仁——是小人（23）

包信——报信（26）

王博高——王八羔（27）

史耀全——死要钱（28）

潘金士——盼金使（29）

胡筱峰——胡小疯

赵尧庄——招摇装（32）

湍多欢——图多欢（36）

瞿耐庵——屈乃安（38）

贾世文——假斯文

卫占先——为占先（42）

区奉仁——偶逢迎（43）

随凤占——随风站

申守尧——伸手要

秦梅士——罄没事

学槐——学坏（43）

钱琼光——全穷光（46）

萧卣才——小有才

卜琼名——剥穷民（47）

黄保信——谎报信

胡鸾仁——胡乱认

盖道运——该倒运（48）

刁迈朋——刁卖朋（49）

尹子崇——银子虫（52）

梅漾仁——媚洋人

梅蔚——没味

劳祖意——老主意

蒋大化——讲大话（54）

搭拉祥——遢拉样（56）

单舟泉——善周全（57）

赖养仁——赖洋人

窦世豪——都是好

甄守球——真守旧（58）

萧心闲——小心闲

潘士斐——盼是非（59）

这些谐音人名大体可归结为以下五

个方面：

一是贪财如命，如史耀全即死要钱，魏竹冈即为竹杠，尹子崇即银子虫。

二是寡廉鲜耻，如魏翩仁即为骗人，王伯高即王八羔，刁迈朋即刁卖朋。

三是颟顸昏庸，如胡鲤图即糊里涂，施步彤即实不通，黄保信即谎报信。

四是猥琐寒酸，这主要是指一些低级官员，如钱琼光即全穷光，申守尧即伸手要。

五是崇洋媚外，如梅漾仁即媚洋人，赖养仁即赖洋人。

从这些被赋予种种贬斥意义的名字可以看出，作者李宝嘉对晚清官场的厌恶失望已经达到了一定的程度。现行的文学史著作都将李宝嘉归入改良主义者的范畴，然而在读过他的《官场现形记》之后，恐怕很少会有人相信这样一个龌龊没落的政权还有什么改良的希望、存在的必要。

二、《二十年目睹之怪现状》

《二十年目睹之怪现状》为吴趼人（1866—1910年）著，计108回。小说以大量典故、笑话、传闻、实录以及短篇故事，折射出晚清社会的面貌。官场上的贪污腐败，世面上的人心叵测、世态炎凉、人间冷暖、芸芸众生、千奇百怪，都在他的笔下体现。小说用第一人称的叙事方法，讲述了从父亲去世，杭州奔丧，被伯父骗遗产，到后来出外应世，与朋友合作生意及生意失败，最后还乡。以这一条生活主线，穿插进无数的故事，从而写成一部反映晚清社会风貌的长篇小说，在20世纪的中国文学史上占有一定的地位。

（一）内容概述

《二十年目睹之怪现状》和《官场现形记》齐名，是晚清著名的谴责小说之一。书中以"九死一生"的经历为线索，叙述了其二十年间在官场、商场、洋场中的所见所闻，为达目的不择手段的官场、金钱至上的商场、乌烟瘴气的洋场种种之弊端，暴露无遗，反映出晚清社会的腐朽黑暗与没落。因涉及范围广，故影响也大。

作品开篇写九死一生初入社会见到的便是贼扮官、官做贼的怪事，从而隐括了"官场皆强盗"（初刊本评语）的黑

暗现实。贯串全书的反面人物苟才，是小说刻意塑造的清末无耻官僚的典型。他出身捐班，无学无识，只是善于谄媚、行贿、不知廉耻，甚至不惜逼迫自己新寡的儿媳嫁给两江总督做五姨太太，以求能够飞黄腾达。他两次丢官，一次被新任总督参革，一次被朝廷钦差大臣查办，但都用巨额贿赂，东山再起。这说明他是清末整个腐朽官僚机构的产物。

相反，书中所写正直的士子官吏则大都无立足之地。如榜下知县陈仲眉虽然颇有才学、精明能干，但不会逢迎，又无钱行贿，结果长期得不到差事，潦倒一生，最后自缢身死，遗下寡妻幼子。爱民如子的蔡侣笙也最终被革职严追。作者愤慨地说："这个官竟不是人做

的！头一件先要学会了卑污苟贱，才可以求得着差使，又要把良心搁在一边，放出那杀人不见血的手段，才能得着钱。"这是对清末官场的本质的揭露。

这些官僚除了贪黩无厌，就是对内凶残、对外怯懦。第五十八、五十九两回描写广东督抚两院，接到洋文电报说，"有人私从香港运了军火过来，要谋为不轨"，未得证实，就抓杀了二十多人。但这些官僚在帝国主义面前却怯懦异常，奴颜婢膝。中法战争时，驭远号兵舰竟自开水门将舰弄沉，乘舢板逃命（第十四回）。中日开战时，叶军门亲笔写信给日军，请求网开一面，情愿献出平壤（第八十三回）。作者爱国主义热情激昂，在作品中不止一次喊出亡国危机："中国不是亡了，便是强起来；不强起来，便亡了。断不会有神没气的，就这样永远存在那里的"（第二十二回）。同时有力地鞭挞自卑媚外的行径，指斥媚外者"羡慕外

国人"的"洋行买办","甚至于外国人放个屁也是香的"（第二十四回）；抨击会审公堂上的华官"外国人说什么就是什么"，连见了外国人用的华人巡捕"也要带三分惧怕"（第十回）。

作品描写商界生活，有意把"经商"与"做官"对立起来。九死一生坚决不愿进入官场，而走"经商"的道路，认为商场虽也有诸多怪现状，但比官场干净。作者一反封建传统的鄙商态度，表现了作者对腐朽政治的激愤，也反映了思想领域的新变化。

作品生动地揭露了斗方名士、洋场才子的本相。他们或者故作狂态以买名，

如李玉轩（第二十二回）；或者胸无点墨而故弄风雅，如洋行买办唐玉生（第三十三、三十五回）；或者有点技艺却大话瞒天，如江雪渔（第三十七回）等。官场、洋场、商场的种种怪现状，集中体现了封建社会的纲常名教、伦理道德在金钱势力的冲击下土崩瓦解。作品对宗族家庭间的骨肉相残、亲朋同事间的尔虞我诈，做了淋漓尽致的描写。九死一生的伯父子仁，不仅欺骗寡娣孤侄，吞没亡弟财产，还与甥女有暧昧关系。"道学先生"符弥轩平素高谈"仁义道德是立身之基础"，却对待抚养他长大成人的老祖父百般虐待（第七十四回）。黎景翼图谋财物，用计逼死胞弟，又将弟妇卖到妓院（第三十二至三十五回）。苟龙光杀死生父苟才，又娶父妾（第一百零一回至一百零五回）。虽然作者站在旧道德立场上，怀着义愤和惋叹心情描写这些怪现状，却也真实地暴露了封建大厦即将倒塌时，人们精神支柱的崩溃。

小说表现了改良社会、重致富强的愿望。但其办法仅仅是"把读书人的路改正"，像外国人那样，"讲究实学"，读有用的书，如《经世文编》《富国策》之类；对付外国也只是"上下齐心协力地认真办起事来，节省了那些不相干的虚縻，认真办起海防、边防"，希望则是寄托在"英年的人，巴巴的学好"（第二十二回），没有触及封建制度的根本问题，甚至以为澄清吏治，改革弊病，在于恢复旧道德，所以是软弱无力的。小说的主要成就在暴露方面。

（二）小说的叙事艺术

19世纪末20世纪初，是中国传统小说向现代小说转变的过渡时期。晚清小说转变的开始，因为晚清小说已具备了不同于传统小说的因子。小说借"我"的眼和耳朵记载了当时社会出现的种种奇闻怪事，展现出一个纷繁复杂的时代景象。

《二十年目睹之怪现状》在叙事方面的创新，已被历来的研究者所肯定。叙事者，即小说故事的讲述者和观察者。小说中的叙事者通常按照其主要叙事人物分为第一人称的叙事者和第三人称的叙事者。这作为"讲述者"和"观察者"的小说叙事者提出的"声口"和"视角"。对叙事者的研究，无疑是小说叙事学研究的一个重要方面。

《二十年目睹之怪现状》被认为是中国文学史上第一部以第一人称叙事贯穿始终的长篇章回体小说，而小说中最能表现叙事者变化轨迹的莫过于小说第一回的楔子。

在开篇中，作者曾这样写道：

上海地方，为商贾麇集之区，中外杂处，人烟稠密，轮舶往来，百货输转。加

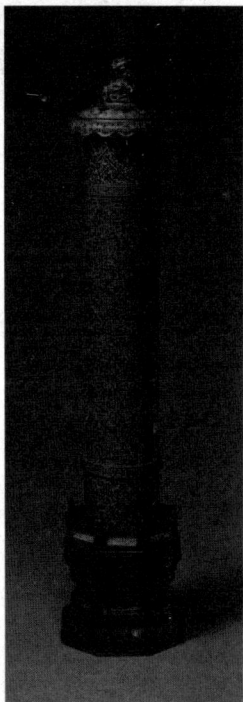

以苏扬各地之烟花，亦都图上海

富商大贾之多，一时买棹而

来，环聚于四马路一带，高

张艳帜，炫异争奇。那上

等的，自有那一班王孙公

子去问津；那下等的，也

有那些逐臭之夫，垂涎着

要尝鼎一脔。于是乎把六十年

前的一片芦苇滩头，变做了中国第一

个热闹的所在。唉！繁华到极，便容易沦

于虚浮。久而久之，凡在上海来来往往的

人，开口便讲应酬，闭口也讲应酬。人生

世上，这"应酬"两个字，本来是免不了

的；争奈这些人所讲的应酬，与平常的应

酬不同。所讲的不是嫖经，便是赌局，花

天酒地，闹个不休，车水马龙，日无暇晷。

还有那些本是手头空乏的，虽是空着心

儿，也要充作大老官模样，去逐队嬉游，

好象除了征逐之外，别无正事似的。所以

那"空心大老官"，居然成为上海的土产

物。这还是小事。还有许多骗局、拐局、赌局，一切稀奇古怪，梦想不到的事，都在上海出现——于是又把六十年前民风淳朴的地方，变了个轻浮险诈的逋逃薮。

交代事件发生的时间、地点、社会背景，是小说的叙事者所应有的基本素质。如果抛开"小说"这一体裁背景，这段文字给我们的感受不过是作者的白白。然而，作为小说，作者毕竟不同于叙事者，这样，这段文字便在揭示事件发生的时间、地点、社会背景之外，又暗示了此时小说叙事者为匿名的全知叙事者。接下来小说写道："这些闲话，也不必提，内中单表一个少年人物。这少年也未

详其为何省何府人氏，亦不详其姓名。"
则将这一匿名的全知叙事者表现的更为
彻底。

通常，在不同的小说中又表现为不同
的形式，其中最为常见的是以"说书人"
的形象出场，比如清末四大谴责小说中的
另一部小说《老残游记》在第一回写道：
"话说山东登州府东门外有一座大山，
名叫蓬莱山……"这里虽说没有直接指明
"说书人"，但我们可以从字里行间中体
味到"说书人"的存在。又如《红楼梦》
第一回中写道："列为看官：你道此书从

何而来？说起根由虽近荒唐……"这里的"看官"以及"在下"都是全知叙事者具体化的表现。吴趼人的《二十年目睹之怪现状》开篇虽然仍采用全知叙事者自白的模式，但是他在试图摆脱传统的影子，主要表现在他对"虚拟说书场景"的弃用。这为作者开始庞大的叙事建立了基本的框架，为他的叙事提供了便利。

在小说的楔子里面，还有一位拿到了"九死一生"手稿，对手稿进行评点，将之寄往杂志社的"死里逃生"，他不能算是真正意义上的小说叙事者。死里逃生是匿名的全知叙事者所讲述的故事中的主角，有着自己独立的生活经历和人生体验。但相对于一个独立的掩藏叙事者，"九死一生"更可以看做是全知叙事者向限知的第一人称叙事者"我"过渡的媒介。

当"九死一生"开始以叙事者出现时，小说的序是表现出与传统的小说不

同的特色来。小说这样写道：

我是好好的一个人，生平并未遭过大风波、大险阻，又没有人出十万两银子的赏格来捉我，何以将自己好好的姓名来隐了，另外叫个甚么九死一生呢？只因我出来应世的二十年中，回头想来，所遇见的只有三种东西：第一种是蛇虫鼠蚁；第二种是豺狼虎豹；第三种是魑魅魍魉。二十年之久，在此种过来，未曾被第一种所蚀，未曾被第二种所啖，未曾被第三种所攫，居然被我逗避了过去，还不算是九死一生么？所以我这个名字，也是我自豪的纪念。

小说采用第一人称叙事，但是有两个现象值得我们注意，第一，虽然小说以第一人称"我"作为叙述者。但在很大程度上"我"只是故事的配角，小说主要是通过"我"的眼睛看到的和耳朵听到的来揭露社会的黑暗，并非是通过"我"自身的事情来反映问题。《二十年目睹之怪现

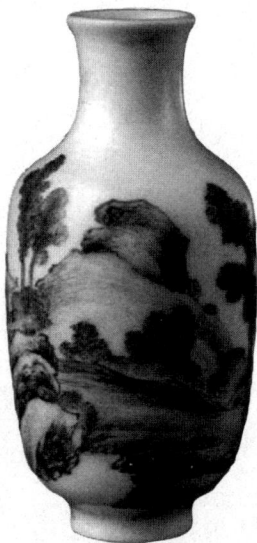

状》的主要叙事者是"我"，但是在讲述故事的却并非"我"一人，金子安等都是故事的讲述者。因此，《二十年目睹之怪现状》的叙事者呈现出"狂欢化"色彩。全民性是"狂欢性"特征之一，即大众性、人人参与，充分体现出平等和民主的精神。第二，通过前后文的对照，小说中"我"是从听客逐渐向讲述者转变的，小说内容的这种变化与主人公性格由"不成熟"到"成熟"的转变是亦步亦趋的。

另外，小说的叙事者的不确定性也带来了叙事者的相对性。《二十年目睹之怪现状》可以看做是由一个匿名的全知叙事者讲述的关于"死里逃生"和"九死一生"的故事，"死里逃生"和"九死一生"均是故事中的人物。而后文则更明确表现出"九死一生"是作为故事的讲述者而存在的。但即便"九死一生"——"我"是公认的讲述者，但他的角色仍在旁观者、参与者之间反复的摆动。

（三）小说的艺术特色

《二十年目睹之怪现状》采用章回小说的结构。小说共108回，从1903年开始在《新小说》上连载。从1903—1905年，先发表45回，直到1910年，才出齐8册，共108回。因为是定期连载，所以常常来不及考虑结构，并将许多写实的短篇小说任意地塞进去凑数。从整本小说看，共有约200个故事穿插其中。这是一部带有自传色彩的长篇小说。它通过主人公"九死

一生"从奔父丧开始，至其经商失败为止所耳闻目睹的近200个小故事，勾画出中法战争后至20世纪初的二十多年间晚清社会出现的种种怪现状，所反映的社会生活范围比《官场现形记》更为广阔，除官场外，还涉及商场、洋场、科场，兼及医卜星相，三教九流，揭露日益殖民地化的中国封建社会的政治状况、道德面貌、社会风尚以及世态人情都颇为深刻，具有较高的认识，可以帮助读者透视晚清社会和封建制度行将灭亡、无可挽救的历史命运。小说采用第一人称的方式叙述

故事，结构全篇，使读者感到亲切可信，在中国小说史上开了先河。结构上亦非常巧妙："九死一生"既是全书故事的叙述者，又是全书结构的主干，同时又运用了倒叙、插叙等方法，将它有机结合在一起，使全书繁简适宜，浑然一体。

以叙事为主，或者说完全是叙事，没有任何景色的描写，这可以说是中国古典长篇小说的传统写法。这一点在《二十年目睹之怪现状》中，表现得淋漓尽致。"九死一生"在大江南北往来奔波做生意，经常乘船顺水逆水出行，却没有一次

写沿江的景色，如果路途遥远，乘船的时间长，也只用一句"在路几天"来一笔代过。在中国古典长篇小说中，几乎从来不单独对社会环境或自然景观进行孤立的描写，这是与外国小说的一个很大的区别，即使是写景也总要有情，用情写景。所谓"枯藤老树昏鸦，小桥流水人家"就是一个很好的例子。说到情，自然离不开人。大至一个时代，一个社会，小至一景一物，一厅一室，都不能离开人物，这是中国古典长篇小说写环境的最大特色，《二十年目睹之怪现状》也具有同样的特色。

而小说最大的成就在于其用自叙的手法为我们展现了一段晚清封建社会行将瓦解前的社会景象。虽然在小说中有一些叙事上的夸张，在作品中也有夸大事实的现象出现，可以说是作品中的一些瑕疵。但这并不影响小说本身的讽刺效果。鲁迅《中国小说史略》对其评价甚为精当："作者经历较多，故所叙之族类亦较夥，官师士商，皆著于录……惜描写失之张皇，时或伤于溢恶，言违真实，则感人之力顿微，终不过连篇话柄，仅足供闲散者的谈笔之资而已。"小说流畅的文笔、诙谐的语言、离奇的情节，犹如世态人情的万花筒，令人目不暇接。字里行间显露出来的强烈讽刺色彩，对晚清社会的丑恶现象给予了无情的鞭挞。

三、《老残游记》

刘鹗的小说《老残游记》是清末四大谴责小说之一。全书共20回，光绪二十九年（1903年）发表于《绣像小说》半月刊上，到13回因故中止，后重载于《天津日日新闻》，始全。原署鸿都百炼生著。刘鹗本是一位企业家、学问家，并不是职业作家，但其文学家之名却远胜企业家和学问家。这部小说是他晚年所写的带有自传性质的未竟作品。小说以一个摇

串铃的江湖医生老残（铁英）为主人公，叙写其在中国北方游历期间的见闻和活动，对清政府的腐朽黑暗、官吏的残暴昏庸、百姓的贫困交迫等等，都有所暴露，尤其着重地对那些名为"清官"，实为酷吏的虐民行为进行了有力抨击，表达了作者对社会、国家危亡现实的强烈忧患意识。

（一）内容概述

作者在小说的自叙里说："棋局已残，吾人将老，欲不哭泣也得乎？"小说是作者对"棋局已残"的封建末世及人民深重苦难遭遇的哭泣。小说写一个被人称做老残的江湖医生铁英在游历中的见闻和作为。老残是作品中体现作者思想的正面人物。他"摇个串铃"浪迹江湖，以行医糊口，自甘淡泊，不入宦途。但是他关心国家和民族的命运，同情人民群众所遭受的痛苦，是非分明，而且侠胆义肠，尽其所能，解救人民疾苦。随着老残的足迹所至，可以清晰地看到清末山东一带社会生活的面貌。在这块风光如画、景色迷人的土地上，正发生着一系列惊心动魄的事件。封建官吏大逞淫威，肆意虐害百姓，造起一座活地狱。

小说的第一回，就是作者对于当时政治的象征性图解。他把当时腐败的中国比作一艘漂浮在海上行将被风浪所吞没的破旧帆船。船上有几种人：一种是以船主为首的掌舵管帆的人，影射当时上层的封建统治集团。再一种人是乘客中鼓动造反的人，比喻当时的革命派，污蔑他们都是些"只管自己敛钱，叫别人流血"的"英雄"。还有一些肆意搜刮乘客的"下等水手"，则是指那些不顾封建王朝大局、恣意为非作恶的统治阶级爪牙。作者对他们也很反感，视为罪

人。究竟怎样才能挽救这只行将覆灭的大船呢?作者认为:唯一的办法是给它送去一个"最准的"外国方向盘,即采取一些西方文明而修补残破的国家。

小说中所写的人物和事件有些是确有其人、确有其事的。如玉贤指毓贤,刚弼指刚毅,张宫保(有时写作庄宫保)为张曜,史钧甫为施少卿等,或载其事而更其姓名,又或存姓改名、存名更姓。正如作者所自言:"野史者,补正史之缺也。名可托诸子虚,事须征诸实在。"

（二）小说中的害民现象

　　清末四大著名谴责小说之一的《老残游记》以摇串铃的江湖医生老残在山东行医的过程为线索，展现了晚清上至封疆大吏下至平民百姓、山林隐士的众生相，写出了"土不制水历年成患、风能鼓浪到处可危"的末世景观。其中，对"清官"害民、"清官"误国现象的深刻揭露，是这部小说的鲜明特色之一。

首先，深刻揭露"清官"害民现象。

中国古代小说的传统模式是忠臣与奸臣、清官与赃官的斗争，由此构成正义与邪恶、光明与黑暗、进步与腐朽的矛盾冲突。清官向来都是以正面形象出现，他们被视为封建政权的脊梁与支柱。对清官的赞赏与期待，始终是中国人传统而牢固的心理定势。《老残游记》的作者刘鹗有意识地突破这一传统模式，对晚清官场的所谓"清官"进行了无情的揭露和批判，触及和鞭挞了晚清社会政治的诸多本质现象。诚如作者在书中所言："历来小说皆揭赃官之恶，有揭清官之恶者，自《老残游记》

始。"（第十六回）毫无疑问，小说对形形色色害民误国的"清官"形象入木三分的刻画，对其虚伪嘴脸和罪恶本质的深刻揭露，使作品极具震撼力和吸引力，在中国古代文学史上留下了重要的一页。曹州知府玉贤和齐河县扶台刚弼是小说中重点刻画的两个"清官"形象。玉贤是个不要钱的"清官"，办案十分尽力，手段也十分毒辣。他在衙门口设有十二架站笼，天天不得空，来了新"犯人"，就把站死的换下来，顶替上去。"未到一年，站笼站死二千多人"，他这样草菅人命是打着治盗的幌子进行的，但实际上被杀害的人中，绝大部分是良民。"听说他随便见着什么人，只要不顺他的眼，他就把他用站笼站死。"（第五回）"玉太尊所办的人，大约十分中有九分

半是良民，半分是这些小盗。若论那些大盗，无论头目人物，就是他们的羽翼，也不作兴有一个被玉太尊捉着的。"（第七回）即使玉大人知道某人是冤枉的，也不能放了他，要"斩草除根"，以防他们不甘心，将来误了玉大人的前程。刚弼也是个"清廉得格登登"的"清官"，但他办案全凭主观武断，刚愎自用，自以为是。他在会审贾家十三人命案时，不去深入实际收集证据，仅凭魏家主管托人向他说情行贿为依据，便认定魏家父女是凶手，并施以酷刑屈打成招。其

办案的逻辑十分荒唐："倘若人命不是你谋害的，你家为什么肯拿几千两银子出来打点呢？"（第十六回）作者运用丰富的事实，从各个不同的角度，刻画了玉贤、刚弼这两个不要钱的"清官"丑恶嘴脸，揭露了他们刚愎自用、视民如贼、惨无人道的酷吏本质。

小说中还刻画了另一个"清官"庄宫保。此人虽非酷吏，却是一个教条主义的庸官。他表面上爱才若渴，府衙上人才济济，也一心想干出一番政绩。但却听信观察史钧甫据西汉贾让《治河策》中所提出的废去黄河两岸民埝，退守大堤，不与河争地的主张，人为地造成了几十万百姓家破人亡的惨剧，做了"杀这几十万人的一把大刀"

（第十三回）。作者痛斥庄宫保说："然创设此议之人，却也不是坏心，并无一毫为己私见在内，只但会读书，不谙世故，举手动足便错。孟子所以说：'尽信书，则不如无书'。岂但河工为然？天下大事，坏于奸臣者十之三四，坏于不通世故之君子者，倒有十之六七也"（第十二回）。

由此可见，不仅作为酷吏的"清官"能够害民误国，作为庸官的"清官"照样也能害民误国，这是《老残游记》竭力论证的一个观点。

其次，深入剖析"清官"害民现象。

作者在第十六回的自评中说：

"赃官可恨，人人知之；清官尤可恨，人多不知。盖赃官自知有病，不敢公然为非；清官则自以为我不要钱，何所不可，刚愎自用，小则杀人，大则误国，吾人亲自所睹，不知凡几矣。"

贪官因自知手脚不干净，做贼心虚，所以不敢公然为非作歹；而"清官"的可

恶在于，或者自认清廉，觉得自己在道德上无可指责，"我是清官我怕谁"；或者自以为真理在握、道义在肩，所以刚愎自用，固执己见，听不得异见，两袖清风，一意孤行，因此"小则杀人，大则误国"。"清官"之恶还在于，其上级往往被其"两袖清风"的清名和"路不拾遗"的政绩所蒙蔽，而对其残害百姓的暴行劣迹"睁一眼、闭一眼"不予追究，甚至将其苛政当做善政加以褒奖和推广，这又使得他们更加肆无忌惮地胡作非为。所以这样的"清官""官愈大，害愈其；守一府则一府伤，抚一省则一省残，宰天下则天下死"（第六回）。

"清官"看上去两袖清风，但他们要名，要名的目的是为了个人的升迁。为了博名，他们可以不择手段，这和要钱的本质毫无不同，害民误国的结果亦无二致，甚至有过之而无不及。玉贤所守的曹州府有着所谓"路不拾遗"的美

誉，"外面都是好看的"，在省内的名声很好，博得了一个"能臣清吏"的美名。但在"能臣"的背后，是他以民为盗，滥杀无辜，明知自己办错了案子也要坚持到底，甚至杀人灭口，以遮掩自己的罪孽，粉饰自己的政绩，借着"政绩"，挟着"清名"，他就可以步步高升，一路升迁。这比赃官害民更为可恶。

害人误国的"清官"本质上是不要钱的酷吏。千百年来，中国一直是一个有着浓厚清官情结的国度，"包青天""海

青天""于青天"等"青天大老爷"是人们心目中救苦救难的"活菩萨",是饱受欺凌、含冤受屈的贫苦百姓忍辱偷生、寻求保护的精神寄托和最后依靠。作者在小说中石破天惊地提出"清官害民""清官误国",似乎是对人们传统认识的一大突破和颠覆,但认真研读,不难发现,小说中的"清官"只是一些不要钱的酷吏或庸官,他们和老百姓心目中的清官有着天壤之别。老百姓心目中的清官是清正廉洁、大公无私、刚正不阿、爱民如子、救民水火、伸张正义的圣人，是国家的栋梁、百姓的依靠。作者是在通过这部小说揭示这样一个道理：清官都是不贪钱财的，但不贪钱财的未必就是真正的清官，要警惕那些披着"清官"外衣的酷吏、庸官，他们与千夫所指的贪官污吏一样害民误国。

（三）小说中的音乐魅力

小说中有多处音乐的描写为人们所津津乐道，其中第二回"历山山下古帝遗踪明湖湖边美人绝调"中白妞说书片段更是其中的绝调，历来为人们所喜爱。除了"白妞说书"中精彩奇绝的描写外，其他处笔法奇绝的音乐的描写同样显示出作者刘鹗卓越的艺术手法，他实在可称

得上是一个出色的"描音圣手"。

首先，细致描摹了多种乐器迥异有别的旋律。

《老残游记》中第十回"骊龙双珠光照琴瑟犀牛一角声叶箜篌"写的是申子平桃花山听乐，共介绍了琴、瑟、箜篌、角、摇铃、磬等乐器，这些乐器除了琴瑟外，"会弹十几调琴的申子平却并不认得"。然而，演奏者却能将琴瑟之铮鏦清逸，箜篌之凄清悲壮，角之呜咽顿挫，磬之铿铿锵锵，铃之参差错落演绎得令人"心身俱忘，如醉如梦"。这些细致真实的描写，说明刘鹗本人是极为熟悉这些乐器的，否则，无法将各种乐器之迥异有别的旋律用文字表达出来。

其次，生动地表现了各种乐器的演奏法。

玛姑弹琴，初起轻挑漫剔，接着吟揉、批拂，极为熟练地掌握琴之节奏，手指之轻重，作者似乎不是在写小说，而

是在介绍一部弹琴之指法的指导书。对于黄龙子奏瑟，则以申子平之眼来表现："那知瑟的妙用，也在左手，看他右手发声之后，那左手进退揉颤，其余音也就随着猗猗靡靡，真是闻所未闻"（第十回）。常人并不曾听过的瑟，黄龙子却是行家，是黄龙子在奏瑟，更是作家在表现自己演奏乐器的经历与体验。

再次，写出了乐器和鸣的优美境界。

　　刘鹗还精心描写了一场山中演奏会，表现出了众乐齐奏、和声共鸣的优美旋律，使得这场山中演奏不啻于一场现代音乐会，令人久久难忘。将玛姑、黄龙子合奏时琴瑟的"绰注相应""此唱彼和，问来答往"的相协而不相同的山中古调演绎得令人"如随长风浮沉于云霞之际"，身心俱醉。刘鹗在自身体验基础上，更是发挥大胆想象，使其音乐描写呈现与众不同的魅力，他是一个音乐家，更是一个语言大师。

　　第四，用博喻手法赋音乐之形。

　　刘鹗描摹音乐时大胆联想，独具匠心地运用高明的比喻技巧，使作者

对声音的描写，上升到一个崭新的境界。在"白妞说书"片段中，刘鹗用博喻手法赋音乐之形，他不只是从听觉角度来形容和描写音乐，而且还用了感觉、味觉、视觉等来刻画白妞的说书艺术。刘鹗成功地运用了通感的手法，打破了感觉的界限，化听觉为感觉、味觉、视觉，将抽象无形的音乐美表现得生动可感，这是其艺术上的独创。

首先从感觉和味觉角度来写听书的感觉，大胆用了"五脏六腑里，像熨斗熨过，无一处不伏贴；三万六千毛孔，像吃了人参果，无一个毛孔不畅快"的比喻，重在强调听白妞说书时说不出的畅快与舒坦，可是谁也没有过内脏被熨过的经历，很少有人有吃人参果的体验。刘鹗大胆发挥想象力，独具匠心、不落俗套，使用了这么一种超常的艺术比喻，获得极佳的效果，将音乐之美难以言传的感受具体可感地表达出来。

接着，从视觉角度来形容声音。白妞越唱越高，音量渐渐变高的抽象感如何表现?刘鹗用了"像一线钢丝抛入天际"的比喻来描写非常恰当，用钢丝的逐渐升高来喻音量的变化，将音乐的抽象感受变得具体客观。对于声音的回环转折，刘鹗绝妙地运用了登泰山绝顶峰的体验来喻之。泰山峰上有峰，"愈翻愈险，愈险愈奇"，王小玉说书，如登峰"节节高起"，而王小玉说书声

音的回环转折是抽象的，泰山峰的奇险却是可视的。这种化听觉为视觉的通感手法是刘鹗擅长的，而且运用得恰到好处。刘鹗赋以无形音乐之具体可感的形态，其想象力之丰富大胆，艺术感觉力具有独到之处。

第五，借音乐表达哲学思想。

刘鹗在《老残游记》中对音乐的描写不仅限于展示音乐声色之美，还借音乐来表达他的"和而不同"的哲学思想，使其音乐描写更多了一份理性色彩。

刘鹗借音乐传达出的重和去同的思想，集中表现在他在文化价值观方面，主张不同派别、类型、民族之间的思想文化的相互渗透、兼容并包、多样统一。《老残游记》中主要有"白妞说书"及"山中古调"两大部分的音乐描写。前者是民间博采众长的大众化的俗乐，不入士大夫之耳，而后者则为有悠久传统的琴瑟之雅乐。刘鹗同时认可这两种音乐，并且对这两部分音乐的描写都出神入化，显示他兼容并包、融合统一的思想，在他看来音乐重"和"，只有和谐之乐音，而无低劣雅俗之分。刘鹗"君子和而不同"的哲学思想更直接体现在"山中古调"一节，借玛姑等人的演奏委婉地道出他的重和去同的哲学思想。玛姑与黄龙子合奏一曲与世俗之曲迥然不同的"海水天风之曲"，此山中古调令申子

平"如醉如梦"，此曲之妙处正如玛姑之语："我们所弹的曲子，一人弹与两人弹迥乎不同。一人弹的名'自成之曲'；两人弹，则为'合成之曲'。所以此宫彼商，彼角此羽，相协而不相同，圣人所谓'君子和而不同'，就是这个道理。"音乐"相协而不相同"，和谐统一是音乐的最美境界，也是宇宙万物生成发展的根本规律。刘鹗是在写音乐，更是借此来表现自己的"和而不同"的哲学思想，使其哲学思想的表达不带上说教的色彩。

（四）《老残游记》的非谴责因素

鲁迅《中国小说史略》第28篇《清末之谴责小说》论道：

光绪庚子（1900年）后，谴责小说之出特盛。……戊戌变政既不成，越二年即庚子岁而有义和团之变，群乃知政府不足与图治，顿有掊击之意矣。其在小说，则揭发伏藏，显其弊恶，而于时政严加纠弹，或更扩充，并及风俗。虽命意在于匡世，似与讽刺小说同伦，而辞气浮露，笔无藏锋，甚且过甚其辞，以合时人嗜好，则其度量技术之相去亦远矣，故别谓谴责小说。

这就是著名的谴责小说论。它包括特定的发生论、创作论和价值论内涵，以及它们之间的因果关系，贯注着鲁迅一贯的"知人论世"原则、作家人格决定作

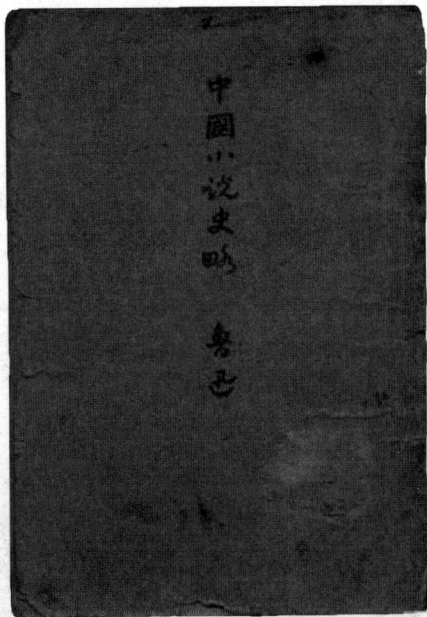

品特性的观念，是一个逻辑严谨的小说史概念。

鲁迅判定，谴责小说是因庚子事变的刺激而发生的。它是由历史事件、社会心理和作家的创作意图及其因果关系所构成的事实判断。在此基础上，鲁迅进一步判定，它在文学上"辞气浮露，笔无藏锋，甚且过甚其辞"，也即浅露、夸张、不实，缺乏"公心"，也就是"近于谩骂。"谴责小说是与讽刺小说相比较而言的，它"虽命意在

于匡世，似与讽刺小说同伦"，其实不是讽刺小说，两者不可混淆。鲁迅是以吴敬梓的《儒林外史》为讽刺小说标本的。

所以，他在《中国小说史略》中梳理出一条从《儒林外史》以来中国小说"堕落"的过程和演变线索，即由《儒林外史》堕落为清末谴责小说，再由清末谴责小说进一步堕落为民初黑幕小说。此前，胡适在《五十年来之中国文学》中曾经论述："南方的讽刺小说都是学《儒林外史》的。"诸如《官场现形记》《文明小史》《二十年目睹之怪现状》等等，都是《儒林外史》式的讽刺小说。" 鲁迅显然不同意这个论断，"故别谓之谴责小说"。

对此，胡适首先折服，改变自己先前的见解，而予以响应说："我在《五十年来的中国文学》里，曾说《官场现形记》是一部模仿《儒林外史》的讽刺小说。鲁迅先生在他的《中国小说史略》里另标出

‘谴责小说’的名目，把《官场现形记》《二十年目睹之怪现状》《老残游记》《孽海花》等书都归入这一类。他这种区别是很有见地的。"

谴责小说概念其实是以李伯元《官场现形记》为典范概括出来，推及一般的。鲁迅论李伯元及其《官场现形记》便说："时正庚子，政令倒行，海内失望，多索祸患之由，责其罪人以自快。"虽然，鲁迅的这些论断其实并不合事实，但在他自己，却是从《官场现形记》概括并经心定义了这个概念。在《中国小说史略》的"清末之谴责小说"篇，鲁迅选定李伯元《官场现形记》、吴趼人《二十年目睹之怪现状》、刘鹗《老残游记》和曾朴《孽海花》为代表作。这已获普遍认同，被习称为"晚清四人小说家"和"晚清四人谴责小说"。

但事实上，鲁迅一面将《老残游记》作为清末谴责小说的代表作之一；另一

面，他在具体的论述中，其实并不能将谴责小说概念推广到

《老残游记》，也不能用谴责小说的属性来涵盖它。《老残游记》二十章，"……其书即借铁英号老残者之游行，而历记其言论闻见。叙景状物，时有可观；作者信仰，并见于内；而攻击官吏之处亦多。其记刚弼误认魏氏父女为谋毙一家十三命重犯，魏氏仆行贿求免，而刚弼即以此证实之。然后，摘引小说第十六回描写刚弼的一节，以显示言而有证。"

在这里，鲁迅对《老残游记》的论述极其简略片面，仅仅是："其书即借铁英

号老残者之游行，而历记其言论闻见；叙景状物，时有可观；作者信仰，并见于内；而攻击官吏之处亦多。"然而，"攻击官吏"是通过具体描写实现的，它是否符合谴责小说的属性特征，浅露、夸张、不实呢？

《官场现形记》旨在揭露官场真相。《老残游记》与之不同，虽含有"攻击官吏"的内容，但这不是它的思想主题。鲁迅肯定《老残游记》"作者信仰，并见于内"。《老残游记》具有贯穿始终的统一的思想主题。它所设定的情境、故事无一不与刘鹗的亲身遭际、思想见解以及他所从属的太谷学派的教义直接相关。

鲁迅对《老残游记》的"攻击官吏"之处的论述也很片面，只取其片断中的片断，仅仅是"其记刚弼误认魏氏父女为谋毙一家十三命重犯，魏氏仆行贿求免，而刚弼即以此证实之。"这不能体现刚弼故事和性格的整体及其意义。我们知道，鲁迅所论及的只是《老残游记》初集（第二十回）。它由五个情节单元即短篇故事组成。

刚弼是其中第五个故事"十三人命案"中的一个角色。"十三人命案"发生后，山东巡抚庄宫保派刚弼来主持审判。刚弼是"刚愎自用"性格的典型，他对恶人先告状者，不做任何调查，便刚愎自用，认定其实是冤屈的被告的罪名。并且，他还郑重其事地诬陷老残。因为老残了解到被告沉冤莫辩，写信给庄宫保要求重派真正的清官白子寿来重审此案，所以刚弼便认定他贪图被告的钱财才这么做。白子寿对刚弼说，老残"姓铁名英，号补残，是肝胆男子，学问极其渊博，性情又极其平易，从不肯轻慢

人的。老哥连他都当做小人，所以我说未免过分了"。

在这个故事里，与刚弼这种刚愎自用的"清官"不同，白子寿则是受作者推崇的真正的清官。小说对之不但没有"攻击"，反而是赞誉，正如小说中黄人瑞说："这瘟刚是以清廉自命的，白太尊的清廉，恐怕比他还靠得住些。白子寿的人品学问为众所推服，他还不敢藐视，舍此更无能制伏他的人了。"（第十六回）可见，《老残游记》并非一味"攻击官吏"。它对官吏的人格描写自有其选择、分别和标准，也就是有着作者自己的思想见解和价值观的。果然，白子寿便很快查清了案情。他开导刚弼说："清廉人原是最令人佩服的。只有一个脾气不好，他总觉得天下人都是小人，只他一

个人是君子。这个念头最害事的，把天下大事不知害了多少！老兄也犯这个毛病，莫怪兄弟直言。"（第十八回）在白子寿的开导和事实面前，刚弼终于"红胀了脸"，认识到自己的错误而悔过，转变了对老残的看法（第十八回）。这里显然寄托了刘鹗的写作意图和现实希望。

可知，鲁迅不但完全无视作为正面人物出现的"清官"白子寿的存在，连对刚弼的转变也舍弃不论，所取者只是刚弼故事的片断，即刚弼的刚愎自用的片断，连体现作者用意而写他终于悔过的一面，也只字不提。因而，将"攻击官吏"一词用于对刚弼的概括，其实也不准确。至少，小说不是"攻击"而是希望刚弼悔过自新。对《老残游记》中勉强可以和谴责小说概念发生关联的"攻击官吏"片断，鲁迅既无从用谴责小说属性来涵盖，事实上也不存在这种属性，那么，它就算不得谴责小说，不能放在"清末之谴责小说"这个题目下来论述。那么鲁迅为何仍将之置于谴责小说之内呢？这与鲁迅对整个"清末小说"的认识以及《中国小说史略》的体制相关。《老残游记》是清末小说名著，论清末小说而撇开它是不行的。不然，就得在清末小说部分另辟一种类型，来安置《老残游记》。

但鲁迅没有这么做。我们知道,《中国小说史略》对清末小说的论述很不全面,对大量的清末小说采取了舍弃不论的办法,而以谴责小说概念来概括清末小说在中国小说演变史中的主要时代特点,这符合《中国小说史略》的"史略"宗旨,也体现了鲁迅史识和小说史观。但事实上,并非所有的清末小说都可以纳入谴责小说之内,《老残游记》就是这样的著作。勉强纳入,在具体论述中即使付出"片面共性"的代价,也仍然不能克服其自相矛盾。

四、《孽海花》

《孽海花》的作者为曾朴（1872—
1935年）。《孽海花》既是一部谴责小说，
又是一部历史小说，同时它还兼顾政治
小说的特点。小说以金雯青和傅彩云的
故事为主线，生动地描绘了从同治至光绪
三十多年间的历史文化的推移和政治社
会的变迁，暴露了统治者的腐朽没落，批
判了封建的科举制度，讽刺了那些达官名
士，真实地反映了他们的精神生活和文化

心态；同时也热情地歌颂了冯子材、刘永福等抗战英雄和孙中山等革命人的革命活动，表达了作者反对封建专制，宣扬民族民主革命的爱国救亡思想。在具体写作中，作者采用了近代较流行的块状小说结构与传统的网状小说结构相结合的方式展开情节，波澜起伏，曲折感人，井然有序，始终围绕主线，时放时收，东西交错，给人留下就像一朵珠花的感觉。作者又工于细节描写，词采华美，寥寥数笔，就能使人物的神态毕肖，故鲁迅称赞它"结构工巧，文采斐然"。

（一）内容简介

小说以同治中后期为背景，或隐或现地表现了光绪前中期一系列重大事件的发展历程：从中法战争到中俄领土争端；从甲午海战到台湾军民的反抗侵略；从洋务运动到维新派兴起，以至资产阶级革命领导的广州起义的失败。同时，作者更注重表现诸多政治事件的内在联系及其发展趋势。诚如作者自云："这书写政治，写到清室的亡，全注重德宗和太后的失和，所以写皇家的婚姻史，写鱼阳伯、余敏的买官，东西宫争权的事，都是后来戊戌政变、庚子拳乱的根源。"小说中的光绪皇帝生性懦弱，完全被慈禧太后所挟制，即使册立皇后，亦没有丝毫的决定

权。

而此时的文人也不仅仅是把目光放在科举为官的道路上。在第二回有关雅聚园的描写之后，金雯青中状元衣锦还乡在乘轮船途经上海小住数日的时候，有洋务派著名人物冯桂芬来访，见面一番寒暄之后，即以长者口吻勉励雯青说："现在是五洲万国交通时代，从前多少词章考据的学问，是不尽可以用的……我看现在读书，最好能通外国语言文字，晓得他所以富强的缘故，一切声、光、化、电的学问，轮船、枪炮的制造，一件件都要学会它，那才算得个经济……"随后，金雯青又应邀赴一品香会客，席间听薛淑云、王子度等人"议论风生，都是说着西国政治学艺"，不由暗自惭愧，想道："我虽中个状元，自以为名满天下，哪晓得到了此地，听着许多海

外学问，真是梦想没有到哩！从今看来，那科名鼎甲是靠不住的，总要学些西法，识些洋务，派入总理衙门当一个差，才能够有出息哩！"

小说写到第二十九回，所反映的时代背景，已是19世纪末期甲午海战之后的情状。北洋水师乃洋务运动的产物，海上一场恶战，竟不抵岛国日本，几至全军覆没。这沉痛的教训给思想文化界以极大的震动，通达之士为之猛醒，他们清醒地

意识到：政体不变革，单是办办洋务，终究是难以拯救衰敝的祖国。这种以变革政体为核心内容的维新思想，在甲午海战之后颇为盛行。与此同时，更有一些思想激进的知识分子，他们认为清朝政府已腐败透顶，顽固派势力在朝廷占据绝对优势，以和平的方式去变革政体，只不过是浪漫的幻想，最终难以付诸实践。

总之，循着作者的笔触，不难寻绎出三十年间政治、文化的演变史，从而使小说具有了"历史哲学"的意味和境界。

虽然小说中不乏对清廷腐败的揭露和谴责，但是它只是在反映政治文化变迁史过程中的附带而已。因此《孽海花》终究是一部"历史小说"。只有把握了它的这一本质特征，对这部小说的理解才会更加深入。

（二）小说的主题思想

首先，小说揭露了封建社会的黑暗和腐朽，表达了强烈的反封建主义的思想。清朝末年，整个封建统治阶级腐朽糜烂不堪，上自皇帝、皇太后，下至封建士大夫，个个腐败已极，无能透顶，它的存在只能阻碍社会历史的发展。封建社会的土崩瓦解，势在必然。鲁迅先生谈及《孽海花》的艺术成就时就指出："并写当时达官名士，亦及淋漓。"的确，小说对"达官名士"的描绘和刻画，真可谓淋漓尽致，入木三分。他们丑恶的嘴脸和卑劣的

行径，就如在眼前。达官之中，上至尚书、中堂，下至巡抚督办，虽有顽固派和维新派的不同，主战派和投降派的差别，但在本质上却是一丘之貉。

作者还对封建最高统治者进行了大胆的批判。小说的第一回大胆指斥清代帝王"暴也暴到吕政、奥古士都、成吉思汗、路易十四的地位；昏也昏到隋炀帝、李后主、查理士路易十六的地位"。小说第二十一回揭露了宫廷内部最高统治者帝后之间的争权夺利、勾心斗角，描写了慈禧太后的奢侈荒淫、专横暴虐。在海军覆没、陆军节节败退时，慈禧不得已一度暂停了"万寿点景"，但一听说日本开出条件，便迫不及待地完全按日本帝国主义的要求，派李鸿章"带着割地赔款的权柄"到日本屈膝求和。等到《马关条约》一签定，她马上又大搞起祝寿活动来。小说的有关描写与对慈禧专权祸国罪行的谴责，反映了人民反对封建统治者的愤

怒情绪。

其次，小说揭露了帝国主义侵略的
野心，表达了强烈的反帝爱国思想。小说
控诉了帝国主义对中国的侵略，述说了中
国人民反抗帝国主义的入侵、保家卫国
的爱国主义思想感情。小说第一回是"一
霎狂潮陆沉奴乐岛，三十年影事托写自由
花"。记叙了"约莫19世纪中段，那奴乐岛
忽然四周起了怪风大潮，那时这岛根岌

戾摇动，要被海如卷去的样子"。作者以奴乐岛隐喻中国，把帝国主义列强比作一阵"怪风大潮"，怪风大潮正向奴乐岛迎面扑来，象征了帝国主义对中国的侵略。

再次，小说赞扬民主革命，表达了进步的民主革命思想。小说第一回说："天眼愁胡，人心思汉。自由花神，付东风拘管。"在第四回又介绍了反清的秘密会社，标举民族主义，这些都暗示了其种族革命的主张。书中还以歌颂的态度描述了孙中山、陈千秋、史坚如等资产阶级革命家的活动。陈千秋在与资产阶级改良派云仁甫、王子度的辩论中，批判了"缓进主义"，认为"唯有以霹雳手段，警醒两百年迷梦，扫除数千万腥

檀，建瓦一呼，百结都解"。小说通过革命党人杨云衢的演讲，提出要扑灭"专制政府"，"组织我黄帝子孙的共和政府"。小说把资产阶级的革命家作为正面人物加以歌颂，特别是革命党人的领袖孙中山，作者更是充满激情，无比崇敬。

第四，作者主张寻求国家富强之路，体现了作者的爱国思想。小说通过文中人物之口，发表了要探索救国、富国的方法和主张。小说第三回通过冯桂芬之口，认为"现在是五洲万国交通的时代，从前多少辞章考据的学问，是不尽可以用世的。……我看现在读书，最好能通外国语言文字，晓得他所以富强的缘故，一切声光电的学问，轮船枪炮的制造，一件件都要学会他，那才算得个经济"。他认为当今的人才应该是"周知四国，通达时务"的人。

（三）小说文本的叙事解读

曾朴《孽海花》聚焦的年代，是"中国由旧到新的一个大转关"，"一方面文化的推移，一方面政治的变动，可惊可喜的现象，都在这一时期内飞也似地进行"。故他选择"用主人公做全书的线索""烘托出大事的背景，格局比较的廓大"。《孽海花》一书所欲展现的乃"五洲万国交通时代"的宏阔画卷，因此当时与中国有关联的国家书中几乎都有提及，除去士大夫政论时述中的陈腔滥调，拥有相对完整的想象性时空的就只剩下德国、俄国与日本。

对德、俄两国的记叙是由主人公金雯青的出使路线串联起来的，日本故事则迟至第二十几回才浮现。就篇幅而言，与德、俄两国相关的记叙明显多于日本。第二十六回记金雯青死后，唐卿送其家眷归南，叙述者于该回中间按下主线改说唐卿在朝廷中与闻韵高的对话，进一步引出皇帝与宝妃的冗长逸闻，接着又回到唐、闻二人论及威毅伯议和遇刺事，这才于第二十八回让叙述者出面，强行扭转话头，

"去叙一件很遥远海边山岛里田庄人家的事情"。

尽管在许多细节地方略有革新，但《孽海花》的整体叙事模式仍无法跳脱出传统小说由全知全能叙事人一统天下的局面。因此我们看到，许多与情节发展关联不大且具有相当独立性的逸事传闻，在书中必须依靠叙事人强行介入，才有可能被整合成为全书的一部分。比照三国故事在文本语境中被提及的方式就不难看出，离情节主线相隔最远的日本故事，也拥有最为突兀的引发方式。第九回叙雯青与彩云起程

赴德，途遇船主质克、夏雅丽等人，叙述
者完全没有直接现身的必要，使一路顺
风顺水地转变了时空，大家困卧了数日，
无事可说。直到七月十三日，船到热瓦，
雯青谢了船主，换了火车，走了五日，始抵
德国柏林都城。

　　俄国故事与日本故事表面上都是完
整的逸闻，但前者的主人翁夏雅丽在故
事展开之前已多有提及，她行刺俄皇之
事也在几个主要人物口中反复传递，这些
都有助于调动读者的兴味，强化俄国故
事本身与主情
节的关联。接
着，叙事者选
择在瓦德西与
毕叶两人去裁
判所看审的
途中插入夏
雅丽本事的
叙述："不说

二人去裁判所看审，如今要把夏雅丽的根源细表一表。"这里叙事者的介入程度显然已大于德国故事，但由于前文的铺垫与故事本身的应和关系，使读者不会有突兀之感。本故事同样是叙述一个刺客的生平际遇，但对此行刺威毅伯的日本浪人，前文完全不曾述及，直到第二十七回的最末数行，这个即将占用整个二十八回的异国人才横空出世。

德、俄、日三国故事中，对德国故事的叙述无疑最为可靠，因为它从来没有脱离主线人物的视角；夏雅丽的传奇经历虽然明显属于不可靠叙述的范畴，但这种不可靠性却会随着叙事的展开而消解于无形。第十六回以夏雅丽生平的详细介绍作为传奇的开端："原来夏雅丽姓游爱珊，俄国闵司克州人，世界有名虚无党女杰海富孟的异母妹。父名司爱生，本犹太种人，移居圣彼得堡，为人鄙吝顽固。发妻欧氏，生海富孟早死，续娶斐氏，生夏雅丽……"

如果说俄国故事是作者用"史传"框架包装出来的"传奇"的话，那日本政事就是彻头彻尾的"传奇"。首先，叙事者以"遥远海边山岛里田庄人家的事情"这些含混无比的方位指示词开篇，本身就旨在唤起读者阅读虚构政事的期待视野，暗示大家应把注意力放在主角兄弟二人的疯狂本性和沉溺于酒色赌技的丑行劣迹之上。故事讲完，叙事者亦没有例行公事般地交代消息来源，或暗示其间的关联，这都使之成为全书关于异国人

想象的记述中最缺乏真实依托的部分。

其次，故事的前半部分叙弟弟清之介在粗蠢妓女花子的诱惑下失身后顿起杀念，但经激烈的内心争斗，终于在日本武士道理念的支撑下醒觉过来。

德国作为金雯青出使的第一站，在书中最受青睐。叙事人始终跟随着主线人物的行动展开叙述，排除了一切道听途说的可能性，因此德国故事有着其他二国无法比拟的直接性与可靠性。第十二回以补叙形式记彩云在德国贵族圈如鱼得

水，继而初遇瓦德西，觐见德国女皇，进退往还的间隙，亦不忘借她之眼描摹德都柏林城中缔尔园的旖旎瑰丽及德国皇宫的宏阔雄伟。

曾朴一生虽从未踏足异国土地，但上引其对柏林景观的描写，却并不是纯粹的凌空蹈虚。随着19世纪末幻灯机与电影放映机的传入，原本由书籍或杂志的插图所垄断的西方图象迅速地被活动的西方影象所取代。1909年2月5日《大公报》记载了电影短片对中国观众的影响：

"第一是开眼界，可以当做游历，看看欧

美各国的风土人情，即如那名山胜水、

出奇的工程、著名的古迹、冷带热带、各

种景致、各种情形，至于那开矿的、耕田

的、做工的、卖艺的、赛马的、斗力的，种

种事情，真如同身历其境，亲眼得见一

样"。毕生研治西学的曾朴在20世纪初一

定曾看过这些充满魅惑力的西方影象。

然而细读这些"征实"的描摹，我们却发

现里面大半是些诗词文赋中屡见不鲜的套语的堆砌，看似活色生香，实则空洞无物。

景物描写技巧贫乏远非其一人之欠缺，而可谓晚清小说家的通病。胡适对此即颇有微词："一到了写景的地方，骈文诗词里的许多成语便自然涌上来，挤上来，摆脱也摆脱不开，赶也赶不去。"虽拥有其先辈无法比拟的开阔视野，但晚清小说家们的创作本意在评议政事，或传递新知，而且渊源久远的诗词传统也严重束缚了他们的创造力，放在摹情状

物时，他们乐于因循旧规而不事创新。

（四）小说文本的异域书写

赛金花在晚清可谓名噪一时。而曾朴作《孽海花》，借赛金花与洪钧的风流传奇敷陈晚清1870年以来近三十年的历史，成为当时最受欢迎的畅销书，无疑更成就了赛金花的传奇。很显然，如果没有随夫出使欧洲并结交德国元帅瓦德西将

军、德国皇后等经历，赛氏至多不过演绎了另一出《海上花列传》。然而，小说中关于这一段海外经历的描写，体现了晚清文人对异域空间的想象，并通过建构"他者"来反观自身的交错互动，促使我们进一步追问其建构想象的方式和历史语境。从这个意义上来说，《孽海花》具有范式的作用。

1.异域的想象性呈现

　　《孽海花》初稿作于1904年，书中浓墨重彩地描写了金雯青出任驻俄、德、荷兰和奥地利特使，携傅彩云出使欧洲的行程和见闻，描述欧洲的社会生活及主人公与当地人的交往。文本的叙事空间跨越了亚洲和欧洲，对日本、德国及俄国给予了想象性呈现。

　　这次行程的起点是上海。书叙金雯青一行，乘上了萨克森公司的船。德国是出使的第一站，作者着墨最多。叙述者始终追随着主人公的活动行程，因而对德国的政治，贵族的衣着、肖像、社交活动，

柏林的街道、建筑、室内陈设等有许多正面描写。第十二回以补叙形式记述了傅彩云在德国如鱼得水，出入贵族庭园，初遇瓦德西，秘会德国皇后维多利亚第二，觐见德国皇帝飞蝶丽。借着彩云的进退往还，柏林的城市风貌得以一一展现。

彩云刚跨下地，忽觉眼前一片光明，耀耀烁烁，眼睛也睁不开。好容易定眼一认，原来一辆朱轮绣憾的百宝宫车，端端正正的停在一座十色五光的玻璃宫台阶之下。那宫却是轮奂巍峨，矗云干汉。宫外浩荡荡，一片香泥细草的广场，遍围着郁郁苍苍的树木，点缀着几处名家雕石像，放射出万条异彩的喷水池。

无论从物质材料还是空间修辞来说，这种景观都与清王朝一般的都市如此不同。作者有意识地在叙事空间中融入一种欧洲意识，刻意描写那些当时在一般中国人经验常识系统之外的事物和陈设，试图进行一种跨越既成经验的想象。一个完全不同的世界隐约在读者眼前展开，并激发了读者更为肆意的想象。

值得注意的是，作者并没有对异国风情大肆渲染、津津乐道，而是将其自

然地融入情节发展之中，种种关于异域的书写借由彩云等人的活动得以呈现。作者改变传统小说的情节动力，放慢叙事速度，把重点放在人物的刻画上。第十一回正叙彩云等候觐见德皇，叙述者却猛然把读者的目光拉回京里，"暂时把他们搁一搁，叙述京里一班王公大人，提倡学界的历史了"。第十二回通过苾如在国内读雯青的来信，以倒叙的方式叙写彩云在德国的社交活动，她与德国皇后的交往及合影的来历。

接着,故事的场景转到俄国:"雯青就带了彩云及参赞翻译等,登火车赴俄。其时天气寒冽,风雪载途,在德界内,尚常见崇楼杰阁,沃野森林,可以赏眺赏眺。到次日,一入俄界,则遍地沙漠,雪厚尺余,如在冰天雪窖中矣。"雯青在圣彼得堡"没事时,便领着次芳等,游游蜡人馆,逛逛万生院,坐瓦泥江冰床,赏阿尔亚园之亭榭,入巴立帅场观剧,看萄蕾塔跳舞;略识兵操,偶来机厂,足备日记材料罢了"。如果说城市建筑、文化与生活设施、语言、着装及饮食,这些都是极浅表的西方文化,那么,作者对于无政府主义、对俄国虚无党人的想象性呈现,对中国政治的批评则堪称石破天

惊。"小说正面渲染中国官场的蝇营狗苟、卑琐龌龊，侧面描写虚无党人的光明磊落、甘死如饴，从而使小说形成相互对比、相互映照的两个世界"。

2.想象的建构

有意思的是，晚清小说家多数和《孽海花》的作者曾朴一样，一生从未踏上过异国的土地。晚清小说的异域书写，在很大程度上可以说是一种自我叙事，它表达的是作家个人的中国都市生活经验及其对西方世界的间接认知，这促使我们关注孕育和催生这一想象的城市空间。此类书写或许无助于我们了解当时西方社会的真实情形，然而，追问其构建想象的方式及历史语境，对于我们反观自身则大有深意，为我们考察转型中的晚清社会生活形态、意识形态和文化形态提供了具有可读性的文本。

近代上海是西方人聚集最多的城市。可以说，近代上海是一个具有显著的跨文化特征的超大城市空间。无论是建筑，还是文化，上海都呈现出了一种奇异的世界主义的城市景观。因此，借镜上海无疑是晚清小说家建构异域想象的最重要途径。《孽海花》中的欧洲，在很大程度上就是对上海城市景观的成功改写。在《孽海花》写作的年代，西洋建筑比比皆是。如有恒洋行设计的味莼园

（张园）、总巡捕房，同和洋行设计的老汇丰洋行、有利银行，德和洋行设计的法租界公董局、工部局市政厅，盛宣怀的欧洲新古典主义建筑风格的私人花园别墅等，它们采用的进口建筑材料、外籍建筑师、原主人的外籍身份，以及整体空间的设计，无不显示出其正宗的欧洲源头。

外国文学的大量输入与译介，也是晚清小说家想象异域的重要媒介。以晚清四大谴责小说的作者为例，都或多或少地受到了西洋文学的影响。曾朴本人通法文，又受到陈季同的指引，熟谙法国文学。李伯元则有跟随西方传教士学习英文的经历。吴趼人的好友周桂笙是晚清最有影响的翻译家之一。刘鹗则"于光绪乙巳年（1905年）就已在研读林琴南所译《迦

因小传》，但从《老残游记》十八回'铁先生风霜访大案，情节之中，就已提到英国侦探小说主角福尔摩斯"。可见，刘鹗接触西洋小说还要更早一点。

3.背离与依附：在传统与现代性之间

一个具有反讽意味的现象是，上海这个以跨文化特征著称的城市，却孕育出了与清王朝和帝国主义势力相对立的新兴势力，成为新的政治批评意识的摇篮，由清王朝的都市内景转变为政治前沿，由半殖民地转变为朝向帝国主义霸权的锋刃。如果说维新运动的政治中心在北京，那么其作为启蒙思想运动的中心却是在上海。晚清知识分子置身于遍布着经过移植和复制的西方建筑中，置身于充满异

国情调的城市空间和华洋杂处的社会环境里，生发了想象异域的冲动和对西方文明的渴望，在意识形态上出现了背离传统的倾向。

通过阅读《孽海花》，我们恰恰见证了身处上海及其他异国风盛行的中国都市中的大批晚清士人的离心化过程。小说不仅通过虚拟的欧洲景观，以想象的方式逾越了地理和民族国家界限，而且

在虚拟的异国空间里，多重文化体系与文化判断标准之间相互对抗、彼此影响，激发了个人和群体的离心倾向，不由自主地要疏离、挣脱传统观念、思想、制度的束缚。

由于深受法国文学的影响，曾朴想象异域的方式具有其独特之处。《罗马史演义》《十九世纪演义》《泰西历史演义》《苏格兰独立记》等小说虽演述西方历史，然而基本不脱中国传统历史演义小说或者晚清政治小说范畴，以宏大的历史叙事为特征，叙述重大历史事件和重要历史人物；而且主要是为了表达某种历史观念和政治主

张，因此缺乏细腻的场景和人物描写。《孽海花》则不同，"在根本的'历史小说'意识上突破了中国传统历史小说或史传文学的窠臼，体现出明显的现代色彩"。

我们注意到，当曾朴采撷西方典范，写作他理解中的历史小说时，他的想象其实仍不脱他所指责的中国叙事模式。捷克汉学家普实克曾经批评说："曾朴把小说人物的个人故事与历史事件结合在一起，这一做法很能说明机械拼合不同性质的材料最后会如何归于失败。"虽然我们很难同意把《孽海花》列为失败之作，然而由于西方叙事技巧和作者海外生活经验的缺失，使其异国书写最终沦为异国景观中的本土书写。书中关于缔尔园、德国皇宫、街道等城市空间的描述，看似活色生香，实则空洞无物。作为柏林标志性建筑之一的缔尔园，书中写道：

> 原来这座花园，古呢普提坊要算柏林市中第一个名胜之区，周围三四里，门前有一个新立的石柱，高三丈，周十围，顶立飞仙，金身金翅，是法、奥、丹三国战争时获得大炮铸成，号为"得胜铭"。园中马路，四通八达。崇楼杰阁，曲廊洞房，锦簇花团，云谲波诡，琪花瑶草，四时常开，珈馆酒楼，到处可坐。每日里钿车如水，裙屐如云，热闹异常。园中有座三层楼，画栋飞云，雕盘承露，尤为全园之

中心点。其最上一层有精舍四五，无不金钰衔壁，明月缀帷，榻护绣襦，地铺锦厨，为贵绅仕女登眺之所，寻常人不能攀跻。

又如第十六回对夏雅丽的生平介绍很明显地采用了传统的史传笔法。在《孽海花》中，中国传统的叙事习惯与西方的叙事技巧相杂糅。"传统"在清末民初之交的曾朴身上，像难以摆脱的宿命如影随形，成为其异域想象的浓重底色，从而构成了小说中传统与现代错杂的奇观。然而，这未必不是作者为迎合渎者阅读习惯所做的自觉选择。

然而当小说家幻想以妥协的方式，即保留旧有的文体、叙事模式和话语系统来表达其社会理想时，却没有意识到这其中蕴涵着的巨大矛盾——形式本身也会成为桎梏，阻碍新思想的表达。其关于异域的想象，最终未能建构起关于未来家国的清晰形象。传统的力量过于强大，晚清士人对西方的接触和接受都是有限度的，对西方文化冲击的回应也是有节制的。现代社会与现代文学都仍在酝酿之中，只有到"五四"新文化运动的启蒙大潮席卷而至，中国的"现代"才真正揭开帷幕。